海嘯之後
作者◎李光福
繪圖◎洪義男

推薦序

# 0與1之間

林玟伶（台北市明德國小校長、兒童文學作家）

日本大地震引發的海嘯，如入無人之地的摧毀家園，透過媒體報導的畫面，令人觸目驚心；對身為鄰居的台灣同胞而言，驚恐哀慟的心情更是感同身受。

有形的災難才剛過去，無形的輻射外洩事件緊跟而來，帶給世人的震驚更甚於前。恐慌和謠言，一波波的像海嘯般鋪天蓋地、摧枯拉朽，擔心與受怕，人人自危，儼然末日將近。

本書以故事的方式在某種程度上見證了這場世紀大災難，災難引發的核能輻射問題，更是本書的重要主軸。核能是個複雜、專業的問題，在我們的教育體系中不容易被討論，「反核守護家園」和「核電建設家園」的不同立場，讓核能的理性討論、客觀對話空間日益縮減，本書能以故事型態，引發孩子們思索此一議題，十分值得肯定。包括核電的利弊得失、生活中有哪些輻射、核廢料的處置……等等，在本書都有所觸及。

當然，核能問題比想像中複雜，權衡得失之間也非僅僅是0與1的絕對，但能夠在閱讀中幫助孩子獲得基本常識，並從中提煉科學素養，學習理性分析、實事求是的精神，不一昧陷入「反核」與「擁核」的情緒中，就是閱讀本書最大的收穫了。

自序

# 寫在狂嘯之後

李光福

父親在世的時候，做的是開山挖路、興建工程的工作，居住的環境都很惡劣，所以我們碰過地震、遇過風災、逃過水災。那些逃難的陰影一直存留在心裡面，直到今天，地震了、颱風來了，我依然會坐立難安、心神不寧！

三月十一日，從電視新聞裡得知：日本東北地區發生了九級大地震、引發了十餘公尺高的大海嘯，洶湧的海水萬馬奔騰般的向陸地挺進，轉眼之間，風雲變了色，大地變了樣，家破人亡，妻離子散……一幕幕宛如人間煉獄的畫面，毫不保留的進入眼簾。看到那些畫面，我彷彿回到兒時逃難的現場……

螢幕中，一位老婦人彎腰向救難人員行了個禮，說了句：「謝謝你，我看到了。」，然後神情木然的看著她的標的物——親人的遺體——那是救難人員幫她找到的。一個老先生涕淚縱橫的訴說著，災難發生時，他忙著救災，回家後，才發現家毀了，一家六、七個人也不見了蹤影……看到這些，我心裡覺得很痛，痛得眼淚都滑落下來。

四月一日上午，學校承辦全市模範兒童表揚大會，我有學生要演出節目，所以在禮堂指導。手機突然響起，是淑華總編打來的，她問我能不能以「輻射」和「核能發電」為主題，寫一個故事，以協助孩子對輻射與核能有更全面的認識。當時我的回答是「這個題材好『硬』呀！好像很難喔！」。一番商討之後，淑華總編請我：想想看，我們隨時保持連絡。

或許日本這場浩劫，真的讓我動了心吧！返回教室途中（從禮堂到教室，不到兩百公尺。），我一邊走，一邊思考著，忽然天外飛來一筆：既然「輻射」和「核能發電」

的題材很「硬」，加一些「軟」的素材進去，不就解決了嗎？於是腦筋一轉，《狂嘯之後》這個故事就這樣產生了。（不到兩百公尺的距離，可以想出一個故事，我真是太佩服自己的文思泉湧了！）

日本發生海嘯之後，福島核電廠爆炸引發的輻射外洩，不但造成周邊各國的恐慌，「核能發電」的問題也再次被放到顯微鏡下仔細檢視。《狂嘯之後》這個故事，是用日本海嘯事件為故事背景，以一個台日異國聯姻家庭對身陷災區親人的關懷為發展主軸，並輔以「輻射」和「核能發電」的基本常識，期盼在這種「軟硬兼施」的寫作技巧下，讓小讀者在閱讀之後，真能達到「寓教於樂」的效果。

當年日本阪神大地震，花了將近六年的時間重建，這次東北大海嘯造成的傷害更巨，需要多久的時間重建，沒有人敢提出具體保證。身為「鄰居」的我們，只能由衷的祝福，期待日本能早日走出傷痛、完成重建。

另外，同樣利用核能發電的台灣，是不是應該以日本福島核電廠事件為借鏡，對於核能發電好好的檢視、規畫，以確保人民的生活安全呢？

# 目錄

# 旅遊報告

「老師、各位同學，大家好，我今天要報告的是……」

這節是綜合活動課，同學們正輪流上台進行旅遊報告——早在上學期期末，老師就特別交代：過年期間，如果和家人出外旅遊，記得拍些照片，把旅途中特別的事物整理一下，開學後要做旅遊報告。

對我來說，這根本不是難事。每年過年前後，爸媽都會帶我回外公、外婆家，回外公、外婆家就等於是旅遊，我不但拍了許多照片，也整理了不少特別的事物，等著上台報告。雖然還沒輪到我，我可是滿懷期待的「摩拳擦掌」、「蓄勢待發」著呢！

一陣掌聲之後，換老師講評了。一會兒，「下一個，楊采蘋。」的聲音傳來。

聽到「楊采蘋」，我走到電腦前，把隨身碟插好，說：「老師、各位同學，我今天要報告的是『仙台遊記』。寒假裡，爸爸媽媽帶我去外公、外婆家。對各位同學來說，去外公、外婆家應該是一件很容易的事；對我來說，卻不簡單。因為我去一趟外公、外婆家，不但要花很多錢，還要坐好幾個小時的飛機……」

聽到我說「要坐好幾個小時的飛機」，同學們起了騷動，你一句、我一句的，而且聲音愈來愈大，讓我沒辦法繼續講下去。

「請大家安靜，注意聽楊采蘋報告。」

老師制止後，我終於可以開口了。我「點」開圖片檔，一面放映照片，一面說：「我的外公、外婆家在日本仙台市，這張照片就是我外公、外婆家，中間這兩位是我外公、外婆。」

我剛停下來，台下又是一陣騷動，吱吱喳喳的聲音隨之而起：

「啊！楊采蘋的外公、外婆家在日本耶！」

「奇怪！她的外公、外婆怎會是日本人？」

「呀！好好喔！可以出國！」

我知道同學們感到很訝異，不過，我沒理會

他們，繼續邊放映照片邊解說。

下一張是我和外公在漁船上的合照，我說：「我的外公是漁夫，這是我和他出海捕魚回來時照的。出海捕魚是一次很難得的經驗，我坐在船上，航行沒多久，就開始暈船了，還差點嘔吐。外公看了，趕緊把我載回港，結果一條魚也沒捕到！」

聽我這麼說，同學們一陣哄堂大笑，又七嘴八舌的討論起來。

接著，我又放映了幾張照片，一一加以說明，並做了一個完美的結論，結束了我的旅遊報告，教室裡隨即響起熱烈的掌聲，掌聲中還夾雜著驚嘆聲。

我拿回隨身碟，輕輕鬆鬆的回到座位坐下。

「聽了楊采蘋的報告，大家都很驚訝對不對？你們都不知道吧，楊采蘋的媽媽是日本人呢！改天有空，我們請她來教大家說日語、教大家捏壽司。」老師說完，還特地看了我一眼。

聽了老師的話，同學又騷動了：

「不要等有空啦！明天就可以請她來了。」

「我好期待喔！可以學

日語耶！」

……

看到大家鬧成一團，老師費了九牛二虎之力，才將場面控制住，說：

「就算明天請楊采蘋的媽媽來，也得看她有沒有空、願不願意來呀！」

同學們一聽，紛紛把「火力」集中到我身上：

「楊采蘋，請你媽媽來啦！」

「你死纏爛打，也要把她拖來啦！」

「拜託啦！」

媽媽的事，我哪能做主？只好用微笑代替回答！

下課後，一群人向我圍過來，嘰哩呱啦的問著有關「媽媽是日本人」的問題。

為了滿足他們的「求知欲」，我毫不隱瞞的說：「我爸曾經到日本的東北大學讀書。東北大學就在仙台市，在那兒，他認識了我媽，兩個人互有好感，就交往起來。我爸畢業回台灣後，就把她娶了回來，這就是『我媽是日本人』的原因。」

聽完，同學們紛紛「啊！是這樣呀！」「好羅曼蒂克喔！」「難怪你外公、外婆是日本人！」的驚叫著。

「楊采蘋，你去外公、外婆家時，都和他們講日語嗎？」

我搖搖頭說：「我只會講幾句應酬話，哪有辦法講？」

「那……你怎樣和他們溝通？」

我笑笑說：「請我爸媽當翻譯呀！假如他們不在場，就用比手畫腳的，日本人和台灣人的生活習慣差不多，比來比去，大概就知道了。」

我停了一下，突然想起的說：「對了！我外公幫我取了個日本名字喔！」

「真的？什麼名字？」

「日本女孩的名字不都常有個『子』嗎？加上我姓楊，他就叫我『陽子』，日本話叫Yoko。」我說。

「Yoko……Yoko……啊！好好喔！」

「嗯！有個日本外公還真不錯呢！」

「這還不簡單！叫你爸爸也去日本讀書，然後娶個日本媽媽，這樣，你就有日本外公、有日本名字啦！」

「欸！也對……不對喔！我爸爸已經娶了我媽媽，他如果再娶日本太太，不就出現了『小三』了？呸呸呸！胡說八道！」

這時，上課鐘響了，這群圍著我的人才一邊打鬧，一邊依依不捨的回到座位，準備上課。

# 駭人的新聞

放學了，我和洪宛茹結伴走回家。

「楊采蘋，剛才你的報告好精采喔！」

「當然囉！我可是花了很多心思準備呢！」

「想不到你媽媽是日本人！你怎麼一直沒提過？」

「我……怕同學說我媽是『外籍新娘』，所以……」我欲言又止。

洪宛茹手一揮，說：「又來了！外籍新娘又怎樣？外籍新娘也是台灣人呀！」

我轉頭看看洪宛茹，笑了笑，沒答腔，卻很佩服她有「我們都是台灣人」的胸襟。

「對了！改天我可不可以去你家玩，請你媽媽也幫我取個日本名字？」

「當然可以呀！」我點頭說。

和洪宛茹分手後，我快步走回家，急著把做旅遊報告的熱烈迴響告訴媽媽。推開門，我高喊一聲「媽」，正想接著說「我告訴你喔」時，卻瞥見媽媽坐在電話旁打電話，我立刻把那句話吞了回去。

媽媽雖然在打電話，卻只見她拿起話筒，按了號碼，等了一會兒，又放下話筒，然後再拿起話筒，按了號碼的反覆著相同的動作，沒聽到她開口說一句話。

過了不久，她放下話筒，不再打了。

「媽，你打給誰？怎麼都沒說話？」我問。

「我打給外公、外婆。」媽媽有氣無力的說。

「外公、外婆？你不是昨晚才打過嗎？」

「剛才新聞報導說，日本東北發生九級大地震，震央離仙台不遠，所以我打電話問外公、外婆有沒有怎麼樣。」

地震！九級！平常三、四級的地震就已經搖得很嚇人了，九級！那不就……我急忙問：「外公、外婆還好吧？」

媽媽嘆了一口氣，臉色難看的說：「電話一直打不通，我也不知道他們到底好不好。」

我頓了一下，安慰媽媽：「媽，你別擔心啦！外公、外婆不會有事的啦！」

「Yoko，你不知道！新聞說日本氣象廳發布了海嘯警報，外公、外婆住在海邊，萬一海嘯來了，他們年紀大，我怕他們來不及跑。」媽媽緊鎖著眉頭。

我只看過電影裡的海嘯，沒有親身經歷過，不知道海嘯到底有多可怕，當然就不知道該如何安慰媽媽了。

看到媽媽愁眉苦臉的樣子，本想把旅遊報告的事告訴她，讓她轉換一下心情。繼而想想：在這個當下，媽媽一定不會有心情聽的，所以我只好不知所措的陪著她「愁眉苦臉」。

突然，門開了，爸爸回來了，他來不及把東西放下，就說：

「Manami（真奈美），日本東北發生大地震，還有海嘯，你知道嗎？」

「我知道！我在新聞裡看到了。」媽媽微點著頭。

「你爸媽他們還好吧？有沒有打電話去問問？」

「我打了，可是一直打不通。」

「打不通？我試試看。」說完，爸爸往電話旁一坐，拿起話筒，按了號碼，等著講電話。可是，一直不見他開口。

接著，爸爸像剛才媽媽那樣，反覆了幾次相同的動作，最後，他放下話筒，說：「真的打不通耶！晚一點再打打看吧！」

媽媽看看爸爸，無奈的點點頭。

媽媽準備晚餐時，我和爸爸坐在電視前看新聞報導。每一台播報的，都是日本大地震的消息。

突然，驚人的畫面出現了，一波波黑濁的海水排山倒海的向陸地推進，車子、房子就像玩具一樣，被海水推著往前擠，連港口裡的漁船都被推到街道上。這景象，就像《明天過後》那部電影裡的畫面一樣，真是令人驚心動魄！

我忍不住大叫：「媽，快來看！日本發生海嘯了！」

媽媽從廚房裡衝出來，來不及坐下，就盯著螢幕直看。看了一下子，她慌張的拿起話筒，按了號碼，等了又等，無力的放下話筒。

看到媽媽焦急的模樣，爸爸伸手搭住她的肩，

語氣溫柔的安慰著：「Manami，別擔心！新聞並沒有報到仙台有海嘯呀！你爸媽不會有事的。」

突然，媽媽掙脫了爸爸的手，拿起話筒，按了號碼。

這次，她打通了，在一陣的「摩西摩西！」「嗨！」「紅豆？」「莎喲娜啦！」之後，媽媽放下話筒，說她是打給住在東京的阿姨，問她有沒有外公、外婆的消息。

阿姨說，她也一直打電話，同樣聯絡不上外公、外婆。不過，她會持續的打電話，只要和外公、外婆取得聯絡，她就會告訴我們……。

晚餐，只有我和爸爸兩個人吃，媽媽一直守在電視前，一口也沒

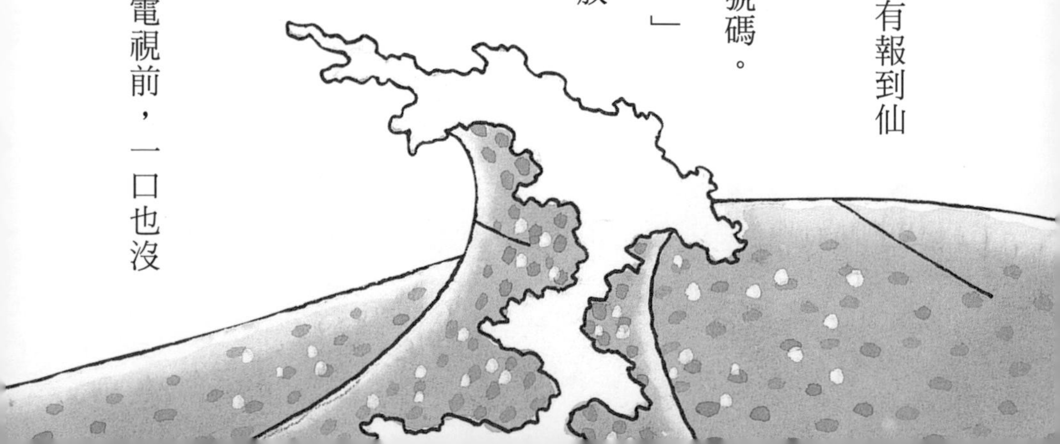

沾。我知道，因為她掛念著外公、外婆！

她一個人嫁到台灣來，親人都在日本，日本又發生地震、海嘯這樣的浩劫，親人下落不明，生死未卜，她當然很擔心、很牽掛囉！

這時，電話響了，媽媽幾乎是飛撲過去接的，然後，像洩了氣的氣球似的叫我聽。電話是洪宛茹打的，她問我有沒有看到日本大地震的新聞。

我一邊講電話，一邊看著媽媽，看到她焦慮不安的臉色，還有剛才接電話那從高峰跌到谷底的表情，我猜，她今晚一定會輾轉難眠！

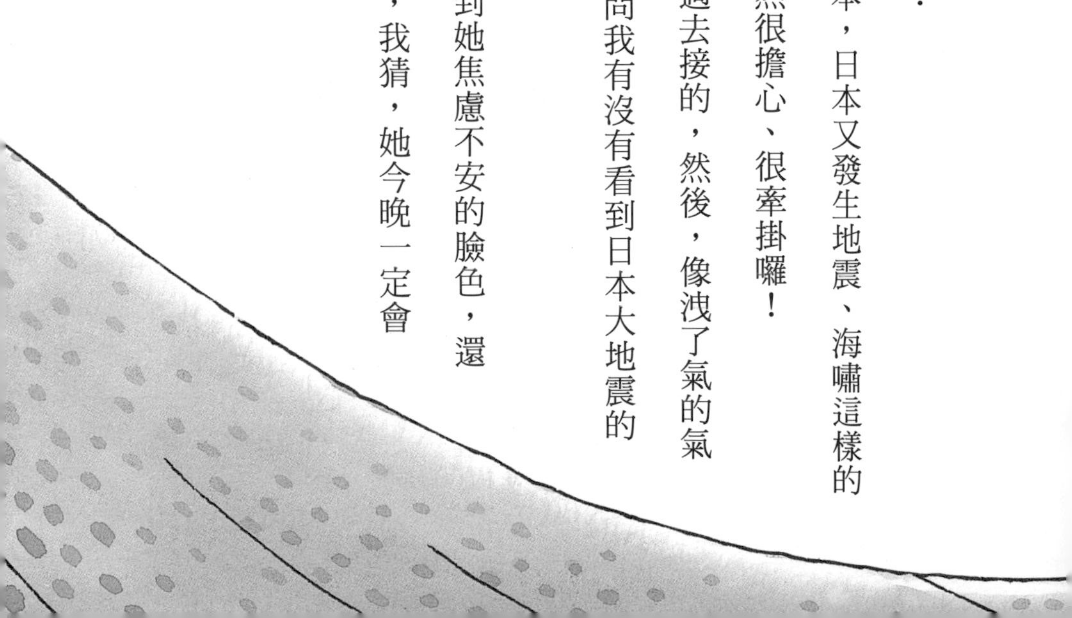

# 爆炸

昨晚，我說媽媽會輾轉難眠，想不到我也睡得很不安穩，還做了個可怕的夢。

夢裡，外公開船載我出海捕魚，漁船離開港口不久，就遇到了大風浪。外公的漁船受不了大浪的襲擊，不幸翻覆了，我和外公都掉落

到海裡。

我一邊喝著海水，一邊高喊救命。外公游到我身邊，把一個泳圈套在我身上。這時，一個大浪朝我們壓下來，一陣天旋地轉之後，套著泳圈的我依然浮在海面上，可是外公卻不見了！

我緊張的大叫「歐季桑」「歐季桑」「歐季桑」。在「歐季桑」「歐季桑」的叫聲中，我醒了！

這真是一個可怕的夢！人家不是說，人若冤死了，常會藉著夢境託夢給親人嗎？如果這說法是真的，那麼外公是不是也在向我託夢？他是不是也……

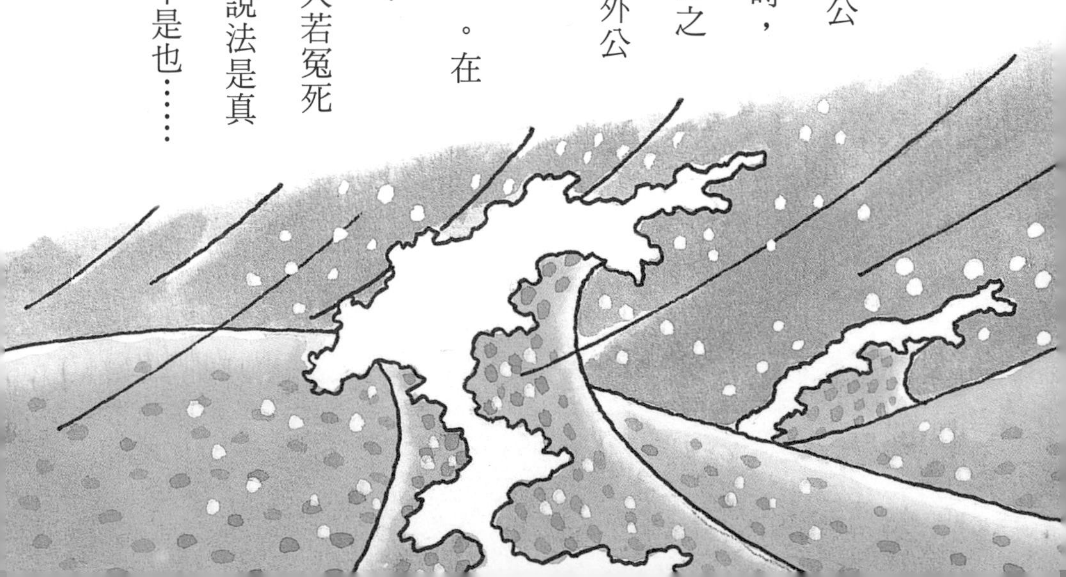

想到這裡，我全身的汗毛都豎了起來。

不行！我得把這件事告訴媽媽才是！衝出房間，來到客廳，爸爸媽媽早已坐在電視前，目不轉睛的盯著螢幕了。我知道，他們在看日本的災情報導。

看到媽媽那滿臉倦容的樣子，想也知道，她一定整晚沒睡好。我原想衝口而出的「外公託夢」，只好吞回去——假如我說出來，媽媽鐵定會崩潰！

我輕輕的坐下來，陪著爸爸媽媽看新聞。剛坐下，媽媽就站了起來，向廚房走去。我知道，她要準備早餐了。

「爸，媽昨晚有沒有做夢？」我神祕兮兮的問。

爸爸轉頭看看我，說：「我哪知道她有沒有做夢？你幹麼突然問這個問題？」

我朝廚房的方向瞄了一眼，然後輕聲細語的把我做的夢，以及「託夢」的傳說告訴爸爸。

爸爸聽完，緊張的說：「Yoko，你可別亂講呀！媽媽已經很擔心了，你如果講出來，她會更傷心的。」

「我知道！所以我才偷偷告訴你呀！」

「那是沒有科學依據的說法啦！你別亂講就是了！」

媽媽回來了，我和爸爸趕緊閉上嘴巴，假裝什麼事都沒發生。媽媽往爸爸身旁一坐，繼續盯著電視。

電視裡，每個新聞台報導的都是日本的災情，有些畫面昨天已經看過了，雖然看過了，不過，還是令人膽戰心驚。有些則是最新畫面，看了更是讓人毛骨悚然。

有一個城市，因為儲油槽破了，海水把油沖到市區裡，進而起火燃燒。在一片火海中，整個城市化為灰燼。聽說，城市裡的人幾乎都失去了消息！

失去消息？又是大水，又是大火，那不就……看到這裡，我忽然覺得好難過！

忽然，媽媽拿起電話筒，按了號碼，等了一會兒，「摩西摩西」之後，她就滿口日語的講了起來——應該是和東京的阿姨通話。

放下話筒後，爸爸問：「你姊姊怎麼說？」

媽媽深深嘆了一口氣，說：「她說，日本的電視台報導了，東北地區全都停電，電話不通，連手機也沒有訊號。」

「怪不得我們一直打不通。」爸爸說。

媽媽又嘆著氣說：「唉！不知道『歐豆桑』、『歐尬桑』現在人在哪裡。」

爸爸拍拍媽媽的肩，安慰著：「Manami，台灣有句話說『吉人自有天相』，『歐豆桑』和『歐尬桑』都是好人，老天爺會保佑他們的，放心好了。」

「到現在都不知他們人在哪裡，我哪能放心？」媽媽的聲音有點變了。

午餐後，媽媽去睡午覺，我和爸爸繼續看著電視。

電視新聞說，日本福島核電廠發生爆炸，引起了很大的恐慌。記者播報的時候，畫面跟著出現，那是從很遠的地方拍攝的。畫面中，最左邊的建築物猛的爆開來，冒出了一團白色的煙霧。單從畫面上看，就知道威力一定不小。

「爸，核電廠爆炸會很可怕嗎？」

「當然可怕！不然新聞為什麼要一直報導？」

我想了一下，又問：「有多可怕？」

爸爸說：「核電廠的反應爐爆炸了，輻射就會洩漏出來。這些輻射會散布在空中，隨風到處飄散。輻射中含有

放射性的碘和銫等對人體有害元素，進入人體後，就有致癌的可能。」

致癌？哇！好嚇人呀！我又急著問：「那些元素要怎樣進入人體？」

爸爸說：「它散布在空氣中，會沾到人體，或是經由呼吸進入人體。如果它沾在蔬菜、水果上，也會讓我們吃進身體裡。」

「啊！那不是很嚴重嗎？」

「是很嚴重！」

原本我對輻射沒有什麼概念，聽爸爸這麼一說，才知道它是這麼可怕的東西！

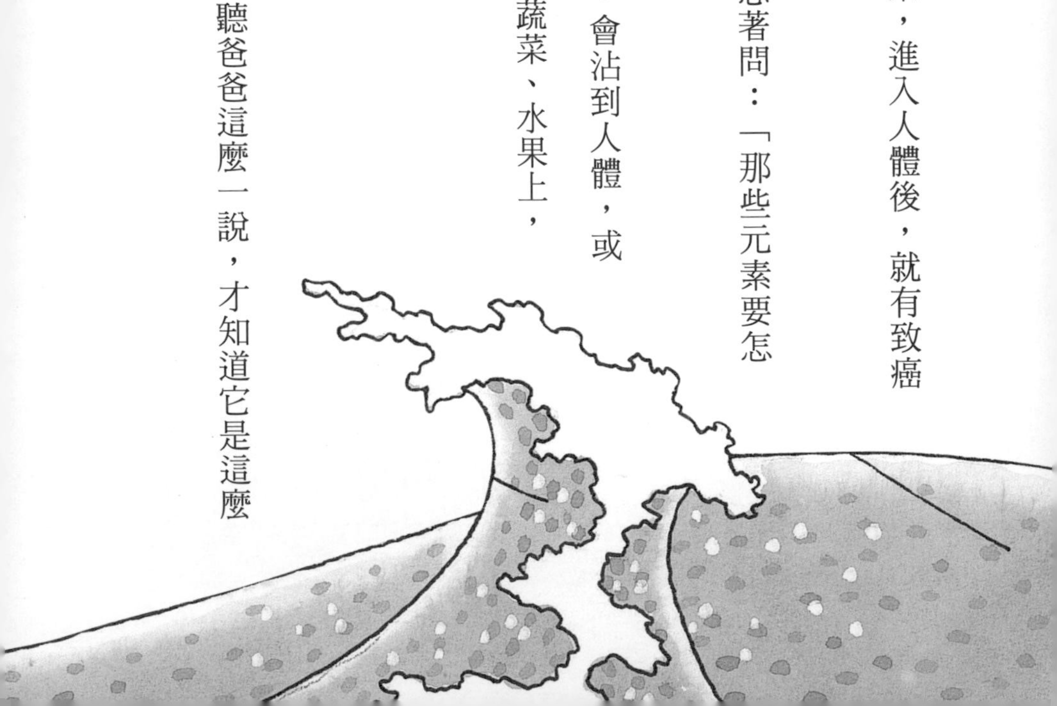

看看螢幕上那一團噴出的白煙，如果它是輻射，飄散開來的話，福島電廠附近的居民不就慘了？外公、外婆如果活著，不也會被輻射「射」到？還有，那些輻射若是隨風飄到台灣來，我們不是也完了嗎？

想到這裡，我就頭皮發麻！

日本真是禍不單行呀！先是地震，接下來是海嘯，現在又有輻射的威脅，真不知他們要如何度過這重重難關？

老天爺，請你保佑！保佑日本，保佑我的外公、外婆……

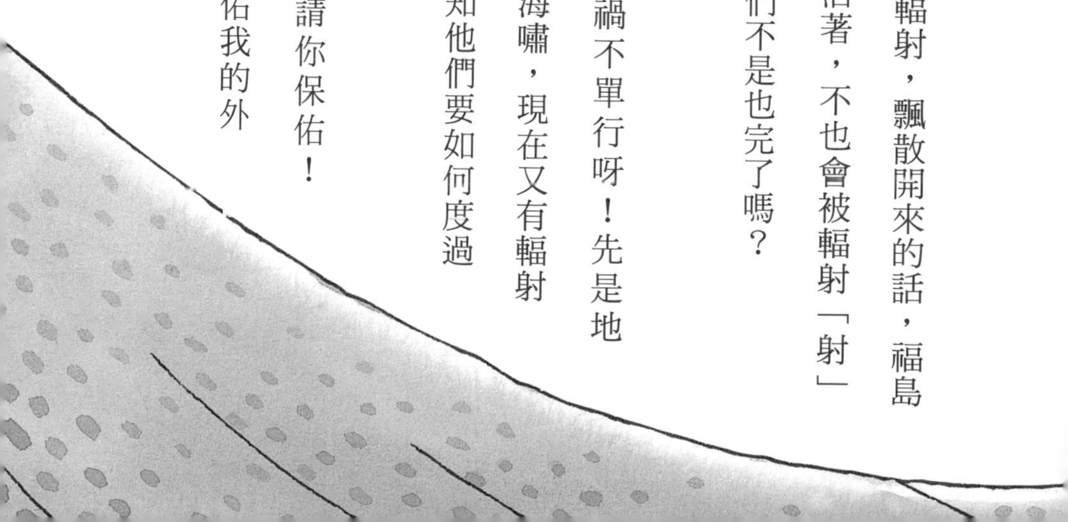

# 媽媽哭了

爸爸媽媽只生我一個孩子，很注重我們的家庭生活。假日時，總會安排一些家庭活動，以擴充視野，增進家人的親密關係，外出旅遊、參觀展覽，或去公園運動，都是我們常做的活動。

昨天雖然是星期六，卻因為日本發生地震和海嘯，媽媽擔心外公、外婆的安危，觀看新聞成了我們「新」的家庭活動。今天是星期日，既然還沒有外公、外婆的

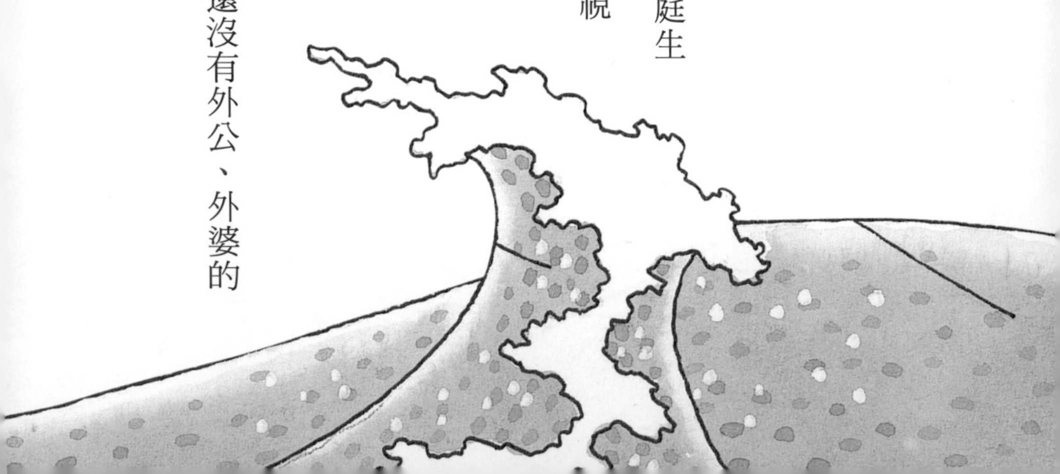

消息，媽媽一定還放心不下，因此，今天的家庭活動想必還是觀看新聞！

雖然我有點不習慣，但在外公、外婆下落不明、生死未卜的情形下，我也沒有什麼心情去做家庭活動了。

新聞報導說，昨天福島核電廠爆炸的原因，是由於爐心的溫度太高，加上停電，沒辦法抽水降低爐心溫度，才會發生爆炸。爆炸噴出來的白色煙霧，其實是水蒸氣，不是輻射，對安全並不會造成危害。

看了這則報導，我稍微心安了。因為噴出來的不是輻射，就不會隨風飄到台灣來，不然，如果真的如爸爸昨天說的，台灣就會受到牽連，海裡的魚蝦不能吃、蔬菜水果等農作物不能吃，食物來源出了問題，生命安全也就沒了保障。

幸好！幸好！

電視裡，不斷播放著各地的災情畫面：一群逃過海嘯的災民，站在高處，眼睜睜的看著自己的房子、汽車被無情的海水吞沒，有的神情木然，有的一臉驚恐，有的則相擁哭泣。

有條鐵路的地基被海水淘空了，幾百公尺長的鐵軌懸在空中，風一吹，就左搖右晃起來。

一家汽車製造廠的汽車被海水推擠在一起，像積木一樣堆疊著，還冒著熊熊大火和濃煙。

最令人感到難過的，就是昨天被大火吞噬的那座城市，經過一天一夜的燃燒，火終於熄了，在依然飄散的白煙中，宛如一座人間煉獄。那些失去消息的人，依然下落不明，看來可能……可能凶多吉少了！

「搜救人員在仙台市附近發現了三百具屍體，由於道路斷了，大型機具進不去，搜救人員不足，只有任由屍體躺在凌亂的廢棄物堆中……」

這則新聞從主播口中說出後，空氣頓時凝結了，客廳裡，只迴蕩著主播報新聞的聲音。

仙台市！不就是外公、外婆住的地方嗎？三百具屍體！外公、外婆會

不會也在裡面？躺在凌亂的廢棄物堆中！多悽慘呀！

我悄悄別過臉，盯著媽媽瞧。媽媽的臉色變得很蒼白，身子不停的顫抖。忽然，「哇」的一聲，媽媽終於崩潰了，「歐豆桑」「歐尬桑」的大聲哭號著。

爸爸猛的抱住媽媽，說：「別這樣嘛！『歐豆桑』和『歐尬桑』又不一定在裡面。」

「他們年紀那麼大，一定來不及逃跑，他們一定在裡面啦！」

「屍體只有三百具，住在仙台的又不只三百人，也許『歐豆桑』和『歐尬桑』是那三百以外的人呀！」

媽媽沒再說話，趴在爸爸肩上不停的抽噎著，每抽一下，身子就跟著抖一下。

看到媽媽傷心的樣子，我也有鼻子發酸，眼眶發熱的感覺，往媽媽身邊一靠，說：「媽，爸爸說的對，或許外公、外婆不在那三百個之內呀！你別難過了！」

媽媽依舊趴在爸爸肩上抽噎，沒有回應我的話。

不久，媽媽忽然站起來，一面走向房間，一面說：「我去收拾行李！」

爸爸跟著站起來，問：「你收拾行李做什麼？」

「我要回日本，你送我去機場。」

爸爸攔住媽媽，問：「你回日本做什麼？」

「去找『歐豆桑』和『歐尬桑』！」

「新聞不是報了嗎？東北停電了、路斷了，車子進不到災區。就算你回日本了，也只能在東京乾著急，根本無濟於事嘛！」爸爸說。

「我在這裡等，也是乾著急呀！」

「這個不同！這裡有我、有Yoko，我們是你的親人、是你的靠山！」

聽到爸爸說「我們是你的親人、是你的靠山！」，媽媽再次崩潰了，撲進爸爸懷裡大哭起來。

爸爸將媽媽扶進房間休息，留我一個人在客廳。

和爸爸媽媽一起看災情報導的時候，我只有稍微害怕。現在一個人看，卻感到非常害怕，害怕到全身發抖、背脊發冷，索性把電視關了，來個「眼不見為淨」！

這時，電話響起，我剛拿起話筒，爸爸從房間探出頭問是誰的，我用食指指指指自己。爸爸看了，又把頭縮回去。

電話是洪宛茹打來的，她問我有沒有看到「仙台三百具屍體」的新聞。我告訴她看到了，而且媽媽為了這則新聞大哭特哭，還吵著要回日本找外公、外婆。

掛了電話，為了減少害怕的感覺，我也躲回房間。躺在床上，我想到「仙台三百具屍體」那則新聞，也想到外公、外婆。

寒假時，我還在仙台住了好幾天，還跟外公出海捕魚，那裡的一花一草、一景一物，歷歷就在眼前。想不到才過了一個多月，就風雲變色了，真是令人不勝唏嘘呀！

# 關心

前兩天是周休假日，我和爸爸可以陪著媽媽關心地震、海嘯，擔心外公和外婆。今天是星期一，爸爸要上班，我要上學，家裡只剩媽媽一個人。她一個人在家，一定會很孤單、無依，所以爸爸出門前，一再交代媽媽要放輕鬆點，不要太擔心，找些事做、逛逛街，以打發時間。

我背了書包，正準備出門，轉身對媽媽說：「媽，我今天還是請假好了。」

「為什麼要請假？你不舒服嗎？」媽媽問。

「沒有啦！我是怕你一個人在家會害怕，想留在家裡陪你，讓你壯壯膽。」

媽媽聽了，淡淡的笑了笑，說：「你還是去上學吧！我不會有事的。」說完，就把我推出家門，怕我賴在家裡似的。

剛踏進教室，同學們就圍了過來，你一句、我一句的問：

「日本發生海嘯，你知道嗎？」

「你外公、外婆還好吧？」

「他們有沒有被海嘯沖走？」

我像錄音帶一樣，反覆著「我知道發生海嘯啊！」「電話不通，聯絡不上我外公和外婆。」「不知道他們有沒有遇到海嘯。」這些話，反覆到讓我口乾舌燥。

老師來了，也問了我相同的問題，我也把相同的答案重複一次。雖然有點煩，卻很感動——海嘯和地震、外公和外婆，這些都是我們家的事，老師和同學卻都這麼關心！

雖然我人在教室，心卻在家裡，因為我擔心著媽媽！

前兩天我和爸爸都在家，她都哭成那樣了。現在我和爸爸都在外面，萬一她哭了，沒有爸爸當她的支柱、沒有我當她的後盾，她該怎麼辦？

想到媽媽那悲傷哭泣、徬徨無助的模樣，我的思緒亂了，心靜不下來了。老師看出了我的反常，接連「點」了我好幾次，要我專心上課，不要「胡思亂想」。

不要胡思亂想？說起來簡單，真做起來，卻不容易！這一整天，我就在牽腸掛肚、坐立不安的情形下度過。七節課上下來，老師教了哪些東西，我一點印象也沒有！

好不容易捱到放學，出了校門後，我立刻加快腳步，往家的方向狂奔。

「楊采蘋！等等我！你幹麼走這麼快？」洪宛茹邊追邊叫。

「我要趕回去陪我媽！」

洪宛茹知道我指的是什麼，沒再追問，跟著我的腳步，陪我半走半跑著，一路往前奔。聽著洪宛茹的喘息聲，我很感動，也很對不起她，不過事非得已，相信她能諒解。

衝進家門，媽媽正坐在電視機前，看我氣喘吁吁的樣子，她問：「你怎麼喘成這個樣子？」

我上氣不接下氣的說：「我……一路跑回來……陪你，所以……」

沒等我說完，媽媽一把抱住我，抱得好緊好緊、抱得我差點喘不過氣。

不久，爸爸也回來了。媽媽看看牆上的鐘，說：「你今天怎麼比較早回來？」

「我怕你……出事，所以請了半小時的假，提早回來陪你。」爸爸說。

聽了爸爸的話，媽媽先是一愣，接著，淚水就滑落下來。

這時，新聞報出了福島核電廠的輻射確實外洩、日本政府下令電廠周邊的居民緊急撤離的消息。

「爸，你看，輻射外洩了！」我驚叫著。

「是呀！終於外洩了！」

「怎麼辦？怎麼辦？」我繼續驚叫。

爸爸說：「別擔心，日本東北距離台灣有兩千五百公里遠，不會那麼快就飄過來。」

「我是說……外公、外婆怎麼辦啦！」

爸爸白我一眼，岔開話題問媽媽：「你姊姊有沒有打電話來？」

媽媽說：「我打去了，還是沒有『歐豆桑』和『歐尬桑』的消息。」

爸爸沒再說什麼，接連拍了拍媽媽的肩。我告訴媽媽，老師和同學都很關心外公、外婆。老師還說，可以多留意有關災民收容中心的畫面，說不定可以從裡面找到外公、外婆。

爸爸一聽，恍然大悟的說：「對呀！我們怎麼沒想到？雖然有點大海撈針，也是一個方法呀！有收容中心的畫面時，我們一定要仔細看！」

晚餐後，一家三口繼續盯著電視，只要播出收容中心的畫面，我們就張大眼睛的看著，希望能在電視裡找到外公、外婆。收容中心裡出現的，幾乎都是老人的臉孔，我們仔細的看，小心的找，看到眼睛都累了，就是沒看到外公、外婆！

就在我們感到洩氣時，媽媽大叫：「啊！有了！你們看！」

「在哪裡？」爸爸問。

「就是那個！」媽媽指著螢幕說：「穿灰色衣服的那個！是住在隔壁的『歐豆桑』！」

什麼？是隔壁的阿公！我還以為是外公或外婆呢！

「真的耶！我認識他，他沒被海嘯沖走，真是幸運呀！」爸爸說。

那個阿公逃過了海嘯，真的很幸運，但是，我覺得外公、外婆一

定會更幸運，因為我相信「吉人自有天相」這句話。

晚上，我會更虔誠的向老天爺祈禱，祈禱外公、外婆能逃過一劫，也祈禱福島核電廠的輻射物質不會飄到台灣！

# 核能發電

老師正準備上課，忽然問我：「楊采蘋，你外公、外婆有消息了嗎？」

我站起身子，搖搖頭說：「沒有！」

「還沒有呀？」老師頓了一下，又說：「昨晚新聞說，日本福島核電廠的輻射外洩了耶！」

這一則新聞，昨晚我也看了，我也清楚老師要表達的是什麼，但我不知道要如何接下去，只好呆呆的站著。

這時，有人問：「老師，輻射有這麼可怕嗎？」

老師用手勢暗示我坐下後，解釋起輻射的可怕性。她說的和爸爸說的差不多，對我而言，一點新鮮感也沒有，可是同學們卻聽得目瞪口呆、驚叫連連。

老師說：「有一年，蘇聯的車諾比核電廠爆炸，大量輻射外洩，當時就死了很多人。那時，有人預估，外洩的輻射不但會嚴重的汙染環境，還可能導致超過四千人罹癌。你說，可怕不可怕？」

老師才說完，同學就嘰嘰喳喳起來：

「啊！這麼嚇人！」

「那這次日本福島核電廠爆炸呢？」

「呼！幸好我不是住在日本，不然就慘了。」

「幸好我不是住在日本，不然就慘了。」這句話剛說完，老師突然咳了兩聲，並向我看過來。我猜，她大概怕那位同學的「失言」，會傷害到我吧！

雖然我是日本浩劫的「受災戶家屬」，但並不在意他這麼說。那位同學看到老師的反應，也向我看過來，知道自己失言了，趕緊用手摀住嘴巴，露出不好意思的表情。

「老師，後來那些人真的有得到癌症嗎？」有同學問。

老師瞅了他一眼，說：「我又不住在蘇聯，我也不認識他們，你問我，我問誰呀！」

「喂！你怎麼問這個蠢問題？」有人「打槍」。

「對嘛！這個問題用屁股想也知道，居然敢問！」有人附和。

那個同學聽了，不屑的說：「是啦！你的屁股好厲害，可以回答問題！」

話一說完，教室裡爆出一陣哄堂大笑，有人還笑到跌落在地上呢！

這幾天，看了福島核電廠的相關報導，我一直有個疑問，就舉手問：「老師，既然輻射這麼可怕，為什麼還要利用核能發電？」

老師看看我，說：「你是不是因為外公、外婆家發生這件事，所以特別關心這個問題？」

我點點頭。

「你這個問題問得很好。」老師停了一下下，對全班說：「楊采蘋問到了問題的關鍵——既然輻射這麼可怕，為什麼要用核能發電？有誰知道？」

同學們你看我、我看你，沒有人舉手，也沒有人發言。

老師看大家不說話，笑著說：「好吧！讓我這個博學多聞的博士來告訴你們吧！利用核能發電的優點有兩個，第一個是可以利用少量的原料，製造大量的能源，也就是電力，能夠提高最大效益。第二個是，核能發電不會造成空氣的汙染，是乾淨度很高的電力產生方法。」

「老師，你亂講！」有人大叫。

聽到有人反駁老師，同學們紛紛朝說話的人看過去。

「你說核能發電是乾淨度很高的電力產生方法，可是輻射會汙染環境，對人類造成傷害呀！」

「剛才我說的是核能發電的優點。有優點，就會有缺點，你聽話不要只聽一半呀！」老師看看大家，又說：「核能發電的缺點也有兩個，一個是萬一輻射外洩了，會汙染環境，傷害人類，就像蘇聯的『車諾比事件』。另外一個就是核廢料的問題，核廢料如果沒有處理好，也會對環境造成汙染。」

有個同學站起來說：「我曾在電視上看過有人反核，老師，請問一下，你是擁核？還是反核？」

老師愣了一下，然後笑著說：「這個問題跟我的年紀一樣，是祕密，不能告訴你！」

那個問蠢問題的同學也站起來，朗聲問：「我們台灣有沒有核能發電？」

老師還沒回答，同學們就七嘴八舌的嗆著：

「唉喲！又是蠢問題！」

「真的被你打敗了！」

「拜託你好不好？」

老師看著他，搖搖頭說：「你在台灣住多少年了?台灣有沒有核能發電，你竟然不知道！回去上網查資料，明天向我報告，不然，以後你就別用電了！」

下課鐘響起，老師又「削」了那個同學一頓，才讓我們下課——這節原本是國語課，想不到卻上起了「能源教育」！雖然少上一節國語，同學們卻吸收了不少核能方面的知識，算是另一種收穫吧！

寒假去外公、外婆家時，外公曾告訴我：日本是一個處事很嚴謹的國家，任何事都很小心謹慎。

想想，一個處事嚴謹的國家，都會發生核電廠爆炸、輻射外洩的事件，處事不嚴謹的國家怎麼辦？因此，當我們在享受電力帶來的便利時，千萬別忽略了這些便利後面潛藏的危機！

輻射，真是一種可怕的東西！所以我希望福島核電廠的情形別再惡化下去，也希望外公、外婆除了逃過海嘯，也能遠離輻射，更希望救災的工作能加快腳步……

# 五十壯士

剛走出校門，洪宛茹就追了過來：「楊采蘋，你又要趕回去陪你媽呀？」

我一面往前走，一面答：「對呀！我擔心她一個人在家會害怕。」

「你外公、外婆一直都沒有消息嗎？」

這個問題上午老師不是問過了嗎？怎麼她還問？不過，我還是很有耐心的答：「是呀！電話一直打不通，不知道他們人在哪裡，也不知他們究

竟怎麼了。」

洪宛茹沉思了一會兒，說：「我爸媽也常常問起你外公、外婆呢！」

洪宛茹不愧是我的好朋友，連她爸媽都這麼關心外公、外婆！我覺得很感動，轉頭對洪宛茹笑一笑——這一笑，代替了所有回答。

回到家，我趕緊寫完功課，然後陪著媽媽看新聞。

這幾天，新聞台的頭條幾乎都是有關日本地震、海嘯和輻射的報導，許多畫面也是一播再播，早就沒了新鮮感。但因為媽媽的掛念，所以我和爸爸只好配合、遷就她。

幾天下來，媽媽的心情平復多了，雖然依舊沒有外公、外婆的消息，她卻不像事情剛發生時那樣，動不動就淚眼婆娑，動不動就嚎啕大哭。說真的，這樣，我和爸爸反而減輕了不少壓力。

「……有幾名就讀於日本東北大學的台灣留學生，自從海嘯發生後，就處於失聯狀態，台灣的家人都很擔心他們的安危，迫切期待政府外交單位能給予協尋，請看記者現場報導。」

聽到東北大學，我的心頭突然一震。東北大學不就是爸爸的母校嗎？於是我瞪大雙眼，仔細觀看記者的報導。

畫面中，一位媽媽淚流滿面的接受記者採訪，字字句句都透露出對孩子的思念和擔心，那模樣，就像媽媽擔心外公、外婆一樣，看了，真是讓人鼻酸、讓人感到不捨！

爸爸回來後，我把剛才那則新聞告訴他。爸爸聽了，只說了一句「真的？」，沒有什麼特別的反應。

對於爸爸的冷淡，我有點意外，他怎麼會對自己母校的消息不理不睬？於是我又補了一句：「幸虧你現在不是在東北大學念書。」

爸爸聽了，終於有反應了：「我現在如果在東北大學念書，就沒有你楊采蘋這個人了！」

沒有我楊采蘋這個人？胡說！我不是好端端、活生生的站在他面前嗎？

我將爸爸的話反覆想了又想，終於弄清楚了他的意思——他如果現在在東北大學念書，就不可能認識媽媽，當然就不會有我囉！

電話響了，離電話最近的我拿起話筒，裡面傳來「摩西摩西」的聲音。我知道，這是東京阿姨打來的，趕緊把話筒交給媽媽。

一陣「紅豆？」「嗨嗨！」……之後，媽媽放下話筒，說災區部分電話線通了，有些災民已經可以和外界的親友聯繫。可是外公家的電話還是打不進去，不知是線路還沒修好，還是房子淹水了。阿姨說，她會想辦法找外公、外婆，一有消息，就會和我們聯絡。

「媽，外公家的電話打不通，阿姨為什麼不打外公或外婆的手機呢？」我問。

「你忘了？外公、外婆根本沒使用手機！」媽媽說。

外公、外婆沒使用手機？這一點，我倒沒注意到，哎！真是不應該呀！

另一則新聞報著：有五十名東京電力公司的員工，自願留在布滿輻射的廠區救急，被大家稱為「五十壯士」……

一位員工的太太對記者說：「我先生一直待在現場，他自己有可能殉職的最壞打算，但我們家人都很支持他。我們也有心理準備，我們希望他繼續加油。」

還有一位員工傳簡訊給他的家人：「我會加油！希望可以繼續活下去，那麼短時間內，就不會回家了。」

看了這些報導，已經「好久」沒哭的媽媽，淚水又撲簌而下。別說是媽媽了，連我這個黃毛丫頭都忍不住溼了眼眶。那位太太的話，還有簡訊的內容，多令人不忍、多令人鼻酸呀！

看了這些新聞，我想到老師說的「車諾比」事件的後果，對爸爸說：「爸，那五十壯士好勇敢呀！」

爸爸點點頭說：「對呀！真是令人感動！日本的『武士道』精神，有時不得不教人敬佩！希望他們的犧牲是值得的。」

就如那則簡訊說的「希望可以繼續活下去」，是的！我也希望那五十

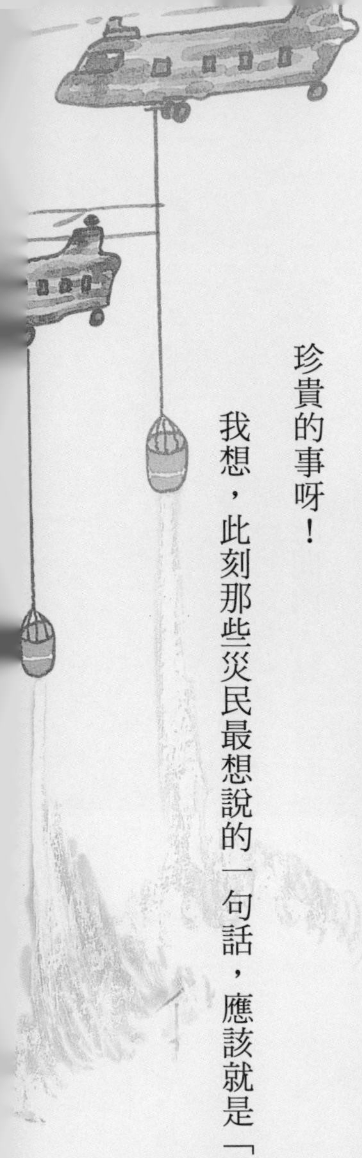

壯士可以繼續活下去，因為他們是英雄！

這時，電視又出現另一個畫面：在救難中心裡，有人提供電力讓災民打電話與親友聯繫。有一位爸爸背著一個嬰兒，一面流著淚，一面用手機和太太講話：「我們都很好！」「我們都沒事！」「都活下來了！」……

看到那位爸爸一臉滄桑的模樣，媽媽哭了，我也哭了，連爸爸也一直偷偷的擦眼淚。

不是嗎？這場突來的天災，使得多少人家破人亡、多少人妻離子散！能夠幸運的存活下來，和親人講講話，即使只是簡單的幾句，是多麼彌足珍貴的事呀！

我想，此刻那些災民最想說的一句話，應該就是「活著真好」吧！

# 喜訊

這天放學後，我同樣趕回家陪媽媽。

才一進門，媽媽就向我撲過來，緊緊抱住我，欣喜的大叫：「Yoko，我告訴你，外公、外婆找到了！」

我被媽媽抱得很緊，緊得我連呼吸都有困難，別說是回她的話了。她看我沒出聲，放開我，張大眼睛問：「外公、外婆

找到了，你不高興呀？」

我重重的吐了幾口氣，說：「不是！是你把我抱得說不出話來。」

媽媽聽完，臉色一緩，說：「外公、外婆找到了。」

這次，我出聲了：「真的？阿姨打電話來了？」

媽媽猛點著頭說：「是啊！是啊！」

「在哪裡找到的？怎麼找到的？」我問。

媽媽吸了一大口氣，然後連珠炮似的把阿姨找到外公、外婆的過程講給我聽。

原來，發生地震、海嘯那天上午，外公帶外婆去新瀉參加老朋友的聚會。下午坐電車返家途中，快到仙台時，遇到了大地震，電車突然停駛了。

先是傳出鐵路斷了，電車不能往前行的消息，接著又聽到海嘯的警報，外公就帶著外婆往山上走，躲在一間廢棄的空屋裡。由於沒有通訊器材，無法和外界聯繫，又不知道海嘯到底有沒有發生，所以不敢下山。

兩天後，遇到上山採集食材的人，知道海嘯已經發生了，外公、外婆才下山。原本他們想回仙台家，走了一段路後，遇到許多從仙台逃出來的人，才知道仙台已經遭到海嘯吞噬，房子都被海水淹沒了。

接著又聽到福島核電廠爆炸、輻射外洩的消息，外公決定不回仙台了，於是帶著外婆和大家向後撤退。

他想打電話給東京的阿姨，因為線路被震斷了，沒辦法打；向人借手機，訊號也不通，只好一邊走，一邊試著和阿姨聯絡。好不容易走到電話可通的地方，他才和阿姨取得聯繫。

聽完媽媽的說明，我興奮得跳起來大叫：「哇！真是太好了！」接著，我又問：「外公、外婆現在人在哪裡？」

媽媽說：「阿姨把他們接到東京去了，你要不要打電話和他們說說話？」

本來我想說「好」，繼而想到：即使打了電話，我也只會叫「歐季桑」「歐巴桑」而已，祖孫倆根本是「對牛彈琴」。而且，我也不可能和外公、外婆在電話中玩「比手畫腳」的遊戲，只好對媽媽說：「我又不會講日語，暫時不要好了。」

媽媽白了我一眼，說：「還敢說！平常叫你學，你就是不肯，現在要你和外公、外婆講話，不會講了吧！」

我吐吐舌頭，聳聳肩，不敢再說什麼。

哇！外公、外婆找到了，真好！這樣，我和爸爸就不用整天都置身在壓力當中，也不用每晚陪媽媽守在電視前，看著一則則令人鼻酸、令人淌淚的新聞了，真好！真的太好了！

轉頭看看媽媽，她做家事的動作突然變得輕巧了，臉上的肌肉也鬆弛了。不像前幾天，在不知道外公、外婆的下落時，她的臉是繃著的，腳步是沉重的，動作是笨拙的。這幾天來，我第一次看到媽媽這麼「無事一身輕」，真好！真是太好了！

不是說過嗎？「吉人自有天相」，嗯！果真不假！果然沒錯！

爸爸回來了，媽媽像剛才抱我那樣抱住爸爸。爸爸以為媽媽怎麼了，慌張的問：「Manami，你怎麼了？發生了什麼事？」

媽媽鬆了雙手，像小孩子般的說：「我告訴你喔，『歐豆桑』和『歐尬桑』找到了！」

爸爸一聽，驚喜的說：「真的？你怎麼知道？」

「我姊姊打電話來說的，她已經把『歐豆桑』和『歐尬桑』接到東京了。」接著，媽媽又把外公、外婆失聯這幾天的情形說了一遍。

「嗯！找到就好了，這下你可以放心了吧！」

媽媽一邊笑，一邊不住的點頭。

爸爸請媽媽撥阿姨的電話，說要向外公、外婆請安。電話通了後，爸爸滿口日語的和外公、外婆講了起來。講著講著。爸爸問我要不要和外公、外婆說說話。我不好意思的搖搖頭、揮揮手。

放下話筒後，爸爸問我為什麼不和外公、外婆說話，我把剛才對媽媽說的理由重複一次。

爸爸看看我，說：「平常叫你學，你就是不肯，現在丟臉了吧！」

我瞄瞄爸爸，瞅瞅媽媽，人家說「夫妻是一體的」，果然沒錯，就像爸爸媽媽，連教訓我的話都一模一樣，嘖！

找到外公、外婆了，最高興的人當然就是媽媽。這幾天來的擔心與牽掛，她終於可以放下了，所以她大聲宣布：「為了慶祝找到外公、外婆，今晚到餐廳吃飯，我請客！」

爸爸笑笑說：「你請客，結果還不是我出錢。」

媽媽俏皮的說：「你的錢就是我的錢，別計較這麼多了啦！快快快！準備一下，吃飯去了。」

我一面換衣服，一面在心裡感謝外公、外婆。由於他們的「出現」，媽媽的笑容才「重見天日」，我才有機會去餐廳一飽口福。

「歐季桑」「歐巴桑」！阿里卡多！

# 感動

說外公、外婆找到了，我和爸爸不用再陪著媽媽看新聞報導，這只是我一廂情願的說法。

媽媽是日本人，她的家鄉就在災區裡，災區裡有她的鄰居、她的同學，她還是想從新聞畫面中了解一下鄰居和同學的最新訊息，要她不看新聞報導，根本是不可能的事。

新聞說，福島核電廠輻射外洩的情況愈來愈嚴重，撤離的範圍也愈來愈大，有可能會隨著風向越過太平洋，飄到美國西岸，所以遠在千里之外

的美國人也開始擔心、緊張起來了。

新聞報導還說，部分災區的商店已經開始提供民生物資給災民採購，許多重要的、必需的物品，很快就被買光了。即使如此，購物的民眾還是很守規矩的排著隊，沒有人插隊，也沒有人喧鬧。

看到這些畫面，我感到很意外，問：「媽，你看，那些人好守規矩喔！」

媽媽點點頭，說：「是啊！日本常常發生颱風、地震，所以我們從小就接受嚴格的防災訓練，這些就是訓練出來的結果——好好排隊，每個人還有可能分到東西；用搶的，不但有人搶不到，還可能會發生意外傷害。」

日本災民排隊買東西、排隊領食物的動作，連外國的媒體都大幅報導，讓人不得不豎起大拇指。

想想，假如台灣也發生了地震和海嘯，使得物資短缺，台灣人會不會也像日本人這樣守規矩？我想，應該沒有人敢拍著胸脯說「會」吧！

「媽，你在日本的時候，有沒有遇過海嘯？」我問。

「我只遇過颱風和地震，從沒遇過海嘯。」媽媽答。

「外公、外婆呢？他們有沒有遇過？」我又問。

媽媽搖搖頭說：「這我就不清楚了，我沒聽他們提過。」

雖然媽媽說不知道，不過，我猜「有」，不然，外公、外婆聽到海嘯警報時，怎知道要往山上走呢？

下次遇到外公、外婆時，我一定要問問他們，但先決條件是，我得把日語學好，至少有關海嘯的一些用語我得先學起來，否則，到時候又是

「對牛彈琴」。

電視畫面裡出現一個老先生，他一面哽咽著，一面訴說著他的悲慘遭遇。雖然我聽不懂日語，透過螢幕下方的字幕，我知道了！

老先生是個消防隊員，海嘯來襲時，他忙著救災；後來回到自己的家，發現房子毀了，六、七個家人也都不見了蹤影！

看到老先生的遭遇，我不由得溼了眼眶，身旁的媽媽更是一把鼻涕一把淚的。說的也是，媽媽的感受一定比我還深，她若不是嫁給爸爸、住在台灣，說不定現在也成了災民，或許她也會像那位老先生一樣……

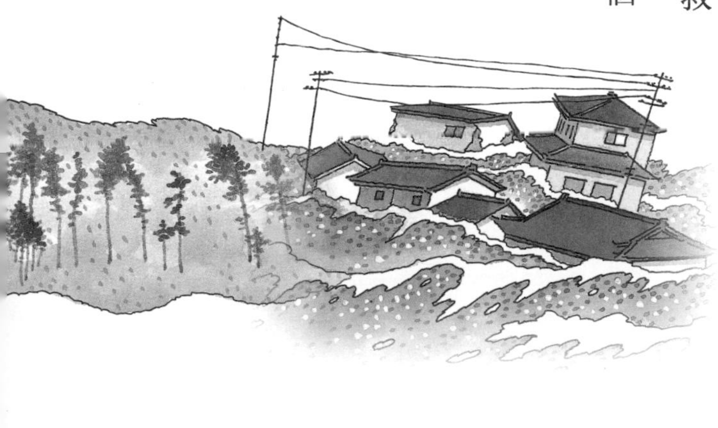

還有一個畫面，有位老太太經由救難人員的協助，在支離破碎的屋子底下，找到了家人的屍體。她深深向救難人員一鞠躬，說了句「謝謝你，我看到了！」，沒有激烈的情緒反應，沒有歇斯底里的哭號，只是眼眶充滿淚水，神情失落的看著家人的屍體……

這一幕，真是教人心痛、不忍！

「……他叫我們快跑快跑，等我們跑到高處，回頭看時，他已經不見了……」螢幕裡，一個女孩用國語哭訴著。

那是一群來自中國大陸、在一間水產工廠實習的女學生。海嘯來襲時，她們仍在工廠裡。原本已經逃到安全地點的老闆見她們沒逃出來，回去叫她們快跑。她們跑到較高的安全地點後，卻眼睜睜的看著老闆被滾滾的海水捲走了。

畫面中，播出一個黑黑的人影在屋頂上左右走動。突然一波海水湧來，黑黑的人影消失了，畫面裡只剩一片汪洋的海水。那黑黑的人影，就是水產工廠的老闆！

看到這裡，我和媽媽都不約而同的流下淚水。

海洋原本是美麗的、深奧的，更是日本人賴以維生的命脈之一。就在一場大地震之後，海洋露出了它另一個面目。這個面目是可怕的、無情的，具有高度破壞力的！

在它的破壞之下，證明了人類生命的脆弱，就像螞蟻一樣，一捏，就碎了。可是，在它的破壞之下，卻也看見了許多人性的光輝，如：五十壯士、老消防隊員；還有不少感人肺腑、動人心扉的故事，像：水產工廠的老闆、尋著家人屍體的老太太……

和這些人比起來，外公、外婆和媽媽、阿姨一家人還有見面的機會，不但是幸運，而且是非常幸運！

這時，爸爸從浴室出來，看到我和媽媽不停的拭著眼淚，好奇的問：「怎麼了？你們母子倆發生什麼事了？」

「沒什麼啦！」媽媽說。

「太感人了！」我說。

看到我和媽媽眼睛都盯著螢幕，爸爸大概知道怎麼回事了，他沒有追問下去，也沒有多說什麼，往沙發上一坐，拿起遙控器，「啪」的轉了台，說：「為了不再讓你們流淚，現在換我看球賽，你們去洗澡吧！」

洗澡？說到洗澡，剛才新聞也有報導，災區裡，許多災民已經很多天沒洗澡了……

# 他山之石

來到校門口，恰巧遇到洪宛茹，她一看到我就說：「楊采蘋，這幾天你一放學就趕著回家，我都沒機會和你好好聊聊。」

「啊！對不起！因為我媽媽，所以……」我不好意思的說。

「沒關係，你別在意。對了，你外公、外婆有消息了嗎？」洪宛茹關心的問。

我點點頭，把外公、外婆失聯那幾天的行蹤告訴洪宛茹。她聽完，拍

著手說：「找到了？真是太好了！這樣，你媽媽就不用整大牽腸掛肚、以淚洗面了。」

我笑笑說：「對呀！我和我爸都輕鬆好多呢！」

進到教室後，洪宛茹惟恐天下不知似的，竟大聲的向同學宣告「楊采蘋的外公、外婆找到了」。

同學們聽了，紛紛靠過來向我道賀，並問我外公、外婆是怎麼找到的。我又像錄音帶那樣，把剛才告訴洪宛茹的話重複了幾次，哎！真是累呀！老師來了，聽說外公、外婆找到了，也笑嘻嘻的向我道賀。

雖然老師和同學與外公、外婆一點關係也沒有，也沒有見過外公、外婆，但他們對外公、外婆的關心，我卻是「寒天飲冰雪，點滴在心頭。」真是謝謝他們！

「欸！你們有沒有看新聞？本來只有『五十壯士』，現在已經增加到『三百壯士』了耶！」

「對呀！聽說很多人都是自願進去電廠的，他們好勇敢喔！」

我也加入「戰局」的說：「我爸爸說，那就是日本『武士道』的精神。『武士道』精神有時是令人很敬佩的喔！」

「聽說中國、韓國都很擔心輻射會飄過去，連美國西岸也都緊張了，你們怕不怕？」

「當然怕囉！你們看，我媽還叫我出門一定要戴口罩呢！」

大家看向說話那個同學──他手中拿著兩個口罩，不停的在同學面前晃動。

老愛問蠢問題的那個同學開口了：「我還是弄不清楚，既然輻射這麼可怕，為什麼我們台灣也要利用核能發電呢？」

這個問題太嚴肅了，沒有人敢回答，也沒有人答得出來，只好請老師來解答。老師說：「我不是說過了嗎？核能發電不會有空氣汙染，而且有很高的效益。」

「可是有危險呀！為什麼不全用水力發電，或火力發電呢？」

老師說，台灣的火力發電是用燃燒石油產生熱能，再轉換成電力。可是台灣沒有出產石油，使用火力發電，就得向石油產國購買石油，要花不少的錢。

若是用水力發電，台灣屬於狹長地形，河流都很短，能興建水庫的地方都建了，而且台灣的水力發電廠數量已接近飽和，尤其到了枯水期，民生用水都不夠了，哪有多餘的水可發電？

「那就……想其他辦法嘛！比如風力發電、太陽能發電呀！」

「沒有風怎麼辦？沒有太陽怎麼辦？」老師反問。

同學們聽了，全都閉上嘴巴。老師見大家不出聲，又說：「台灣核能發電量的比例其實也不高，只要人民節約用電，不用核能發電也可以。只是，台灣人民做得到嗎？」

「老師，新聞裡面說，台灣的核電廠和日本福島核電廠一樣，都是建在斷層帶上，萬一有一天，這些斷層帶也發生大地震，台灣的核電廠會不會也像福島核電廠一樣，爆炸、輻射外洩？」有人問。

老師點點頭，說：「嗯！有可能喔！」

「哇！那不是很可怕嗎？」

「我們還是移民好了，移到一個沒有使用核能發電的國家去。」

「才不要咧！就算死，我也要死在台灣，我就是愛台灣！」

「你乾脆移民到非洲的蠻荒地區好了，那裡絕不會有核能發電。」

聽到同學的七嘴八舌，老師笑笑說：「別擔心！有了日本核電廠的前車之鑑，政府一定會審慎的檢討、評估與規畫，一定會把人民的福祉當作第一要件，你們就不要杞人憂天了吧！」

鐘聲響起，打掃的時間到了。老師揮揮手，要同學快點動起來，以免待會兒訓導主任檢查時，又被他找麻煩。

我拿著打掃用具，往外掃區域出發，一邊走，一邊想著：原本應該是很輕鬆的早上，卻因為「外公、外婆找到了」的緣故，又多上了一節「能源教育」的課，把氣氛都弄得嚴肅了，嚴肅得讓我有喘不過氣的感覺。

核能發電！核能發電！核能發電究竟是對，還是錯？誰能告訴我一個確切的答案？

說到核能發電，我想到日本福島核電廠；說到福島核電廠，我想到地震、海嘯，也想到那些妻離子散、家破人亡的災民。

別的同學沒有親身經歷的經驗，感觸可能不深。媽媽是日本人，每年寒假，我都會去仙台住個幾天，對於那裡的一切，我雖說不上瞭若指掌，卻也有一份濃濃的親切感！

在地震、海嘯之後，它不但變了色、變了樣，還要受到輻射的威脅，破壞之劇、傷害之大，不知要到何年何月何日才能復原！

老天爺，請你保佑吧！

# 好不好

放學了，我和洪宛茹並肩走出校門。經過一家冷飲店，我買了兩杯珍珠奶茶，一杯給洪宛茹，一杯自己喝。

「楊采蘋，謝謝囉！讓你破費了。」洪宛茹不好意思的說。

「我們是好朋友，你就別客氣了。」

「我如果把你外公、外婆找到的消息告訴我爸媽，他們一定也會為你們感到高興的。」洪宛茹又說。

「改天我要去你家，親自向你爸媽致謝，謝謝他們對我外公、外婆的關心。」

「哎呀！我們是好朋友，你就別客氣了。」說完，洪宛茹看看我，我也看看她，兩個人忽然大笑起來——這就是好朋友，連說的話都一樣！

說真的，我的確該好好謝謝洪宛茹的爸媽。他們跟外公、外婆毫無關係，卻一直很關心，可能因為我和洪宛茹是好朋友，所以他們愛屋及烏吧！

回到家，客廳的燈亮著，卻沒有媽媽的人影。啊！她果然沒看災情報導了，真好！我喊了聲「我回來了」，「喔」的聲音從廚房傳出來，原來，媽媽在廚房忙著。我一屁股朝沙發坐下，拿起遙控器，「啪」的打開電視，但我不是看新聞，而是看卡通影片。

不久，媽媽從廚房出來，在我身邊坐下，說：「Yoko，我們把外公、外婆接來台灣，好不好？」

接來台灣！有什麼不好？我興奮的大叫：「好啊！好啊！」接著，我頓了一下，問：「媽，你怎麼突然想把外公、外婆接來台灣。」

媽媽說：「下午我看新聞報導，說日本由於福島核電廠爆炸，使得電力吃緊，供應不足，許多地方都開始限電，造成生活上很大的不便。」

我以為媽媽真的沒看新聞了，想不到她還是看了！我沒有打斷媽媽，看著她，聽她繼續說下去。

「後來，我打電話給東京阿姨，阿姨也證實了這件事。她說，平常熱鬧得像不夜城的東京，現在一到晚上，所有的廣告燈、霓虹燈全都關了，東京的街頭變得黑漆漆的，實在很不方便。」

黑漆漆的經驗我有過！記得有一個停電的夜晚，我還熱得直冒汗，連覺都不能好好的睡呢！的確很不方便。

媽媽又說：「阿姨在東京的房子本來就很小，多了外公、外婆後，就顯得更小、更擠了。我們家比較寬、比較大，所以我才想……把外公、外婆接過來。」

聽了媽媽的說明，我終於明白了，高舉著雙手說：「好！我舉雙手贊成！」

媽媽說：「可是我擔心你爸爸反對，晚上我跟他說的時候，你可要在旁邊幫我喲！」

「嗯！沒問題！」我猛點著頭。

爸爸回來後，我滿心期待的等著媽媽開口，好在旁邊助她一臂之力，可是媽媽卻一直沒有動作。我偷偷提醒媽媽好幾次，她總是說「別急別急！最佳的時間還沒到！」

別急別急！她不急，我可急了，急得心臟都要跳出來了！因為我可是非常、十分、特別、格外……的期待外公、外婆來呢！

晚餐後，媽媽放了一盤水果在茶几上，然後把爸爸拉到沙發上坐著，打開電視，故意轉到播報「東京限電」消息的新聞台。

過了一會兒，媽媽問爸爸：「欸！你看到了沒？」

「看到什麼？」爸爸反問。

媽媽一聽，嘟著嘴說：「喔！你只顧著吃水果，都沒有看！」

「你又沒有叫我看，我哪知道要看什麼！」

媽媽指著電視，說：「看這個啦！東京限電的新聞啦！」

聽到「東京限電」，爸爸說：「這又沒什麼好稀奇的，我在公司裡，早就看過網路新聞了。」

聽到爸爸看過了，媽媽打鐵趁熱：「既然東京限電，生活不方便，我想……把『歐豆桑』和『歐尬桑』接過來住，好不好？」

爸爸嚼著水果，看看媽媽，沒有說好，也沒有說不好。媽媽急了，撒著嬌說：「好不好啦？」說著，偷偷朝我使了個眼色。我知道該我出馬了，幫著腔說：「爸，好啦好啦！把外公、外婆接過來啦！」

爸爸嚥下口中的水果，說：「你的『歐豆桑』、『歐尬桑』就是我的『歐豆桑』、『歐尬桑』，為什麼不好？反正我們家還有空房間呀！」

聽到爸爸同意了，媽媽像孩子似的跳了起來。我也跟著跳起來，哇！外公、外婆要來了，真是太棒了！

看看媽媽，她還趴在爸爸的肩上撒著嬌。真是的，一點都不害臊，我還在旁邊看著呢！她不怕我長「針眼」嗎？還有，向爸爸撒嬌是我的專利，媽媽怎麼可以侵犯我的權利？

為了宣示主權，我趕緊在爸爸另一邊坐下，趴在他肩上，跟著撒起嬌來。爸爸受不了了，叫著：「喂喂！你們這一大一小兩個女人，今天是怎麼了？」

媽媽沒理會爸爸，繼續撒著嬌，我當然也不甘示弱——這是從日本發生海嘯以來，我們一家三口第一次這麼「你濃我濃」！

# 爸爸的情敵

就在我們一家人「你濃我濃」濃得化不開的時候，門鈴響了。爸爸好不容易從兩個女人之間「掙脫」出去，前去應門。

人還沒進來，聲音就傳了過來：

「你怎麼有空來？」

「我正好從附近經過，就順道過來了。」

「來，進來坐！」

人進來後，我仔細一看，原來是林叔叔——爸爸的同學。

林叔叔是爸爸讀東北大學時認識的，由於都是台灣人，在人生地不熟的日本，自然而然的成了好朋友。而且，他也曾經追求過媽媽，是爸爸的情敵，只不過爸爸「技高一籌」，林叔叔只好飲恨！

林叔叔一坐下就問：「Manami，這次海嘯，仙台那邊還好吧？」

「電視不是都報導了，你沒看呀？」媽媽說。

「我不是問災情！我是問你的『歐豆桑』和『歐尬桑』好不好！」林叔叔說。

媽媽發現誤解了林叔叔的意思，不好意思的笑一笑，把外公、外婆失聯那幾天的故事說了一遍。

林叔叔聽完，吐了一口氣，說：「喔！沒事就好！沒事就好！」

爸爸說：「剛才我們還在討論，打算把她爸媽接來台灣住呢！」

「真的？那真是太好了！到時，我一定要請他們吃飯！」說完，林叔叔看看我，驚訝的說：「采蘋啊？才多久沒見，愈來愈高、愈來愈漂亮，也愈來愈像Manami了！」

被林叔叔說愈來愈漂亮，我當然是心花朵朵開，不過，我還是「假裝」害羞的說了句「哪有？」。

媽媽又端了一盤水果來，看到水果，我想到「農作物」，也想到林叔叔在電力公司上班，隨口問：「林叔叔，我可以問你一些問題嗎？」

「可以呀！」林叔叔笑笑說：「但是有個條件，以後你得給我當媳婦才行。」

我一聽，大叫著：「哪有這樣的！」

林叔叔笑著說：「開玩笑的啦！你問吧！」

「福島核電廠和台灣的核電廠都建在海邊，這是為什麼？」我問。

「唉喲！想不到我這未來的媳婦觀察這麼入微呀！」林叔叔叫著。

「討厭！你又來了！」我也叫著。

「好！好！不來！不來！」林叔叔說：「因為核電廠的反應爐在運作時，溫度會升高，需要用水冷卻。海水就是最多、最方便的冷卻水，所以核電廠才會建在海邊。」

原來是這樣呀！我原本以為核電廠建在海邊，是方便把廢棄物排入海裡呢！嗯！林叔叔果然是在電力公司上班的，果然實至名歸！

「那……輻射是怎麼外洩到空氣中的？」我又問。

林叔叔說，輻射不用外洩，空氣中就有了，像電視、電腦都會排放輻射，照X光也會有輻射，只不過它們的量很少，不會危害到人體。

至於福島核電廠的輻射外洩，純粹是災害造成的破壞所使然。通常，核電廠是以「多重屏障」、「層層包封」的安全前提設計的，就算第一層毀損了，還有第二層、第三層……基本上，是十分安全的。

福島核電廠是引用海水把反應爐內的熱能以蒸氣方式帶出來，因為海嘯造成停電，無法抽水，導致海水不足，爐內溫度升高了，把包覆核燃料的金屬套融化，爆炸之後，輻射當然就外洩了。

林叔叔說了許多專有名詞，我雖然不完全懂，卻大致了解了輻射外洩的原因。

「林叔叔，還有……」

我還沒問，爸爸就打斷我：「Yoko，好了，林叔叔難得來一次，你別一直問了啦！」

林叔叔緩頰：「沒關係，小孩子愛問是好事呀！」然後對我說：「你還想知道什麼？」

「就是……上次我們老師談到『核廢料』，『核廢料』要怎麼處理？」

林叔叔又說，以台灣為例，最早的核廢料是放在蘭嶼的貯存所，因為容量飽和了，目前在核一廠、核二廠和核三廠都建有設備安全的廢棄物貯存庫，而且隨時都有專門人員進行監測，所以是安全無虞的。

聽完林叔叔的解釋，對於核能和輻射，我總算茅塞頓開了。

「還有問題嗎？未來的媳婦？」

「林叔叔，你很討厭耶！我不理你了！」我嘟起嘴巴，故意坐到沙發的邊邊。

爸爸狠狠瞪了我一眼，對林叔叔說：「小孩子沒禮貌，你可別在意呀！」

林叔叔笑笑說：「愛問是好事呀！我幹麼在意？」

說完，他就和爸爸、媽媽天南地北的聊了起來。聊了好一陣子，他起身告辭了，臨走前，他對媽媽說：「Manami，你的『歐豆桑』和『歐尬桑』來了後，記得通知我，以前在日本念書時，他們也很照顧我，我也該盡盡地主之誼。」

媽媽笑笑說：「我一定會通知你的，這樣，我才能省一筆開銷呀！」

聽了媽媽的話，林叔叔大笑起來；在一陣笑聲中，他回去了。

林叔叔離開後，爸媽賞了我一頓排頭，因為我「沒禮貌」！雖然我很不是滋味，但還是感謝林叔叔！

# 客從遠方來

媽媽拿起話筒，按了號碼後，等了一下，就滿口日語的講了起來。講了好一會兒，她放下話筒，面有難色的說：「『歐豆桑』和『歐尬桑』不願意來台灣。」

「為什麼？」我驚訝的叫。

媽媽說：「他們說怕會打擾我們，不好意思。還說，再過一陣子，他們就打算回仙台了。」

「回仙台？外公、外婆的房子還在嗎？那裡不是有輻射嗎？」我繼續叫著。

爸爸想了一想，請媽媽按了號碼，說他要勸勸看。電話通了後，爸爸也滿口日語的講了起來。

不久，爸爸放回話筒。媽媽著急的問：「怎麼樣？怎麼樣？『歐豆桑』和『歐尬桑』怎麼說？」

爸爸雙手一攤，聳著肩說：「他們答應了呀！」

「答應了？你不是騙我吧！」媽媽不相信。

爸爸說：「不然，你再打電話去問。」

聽爸爸的口氣，看爸爸的表情，媽媽相信是真的了，她長嘆一口氣，說：「唉！我要他們來，他們不肯；你要他們來，他們就答應了。看來，你這個做女婿的，比我這個做女兒的還有魅力喔！」

「沒辦法！誰叫我長得帥！」爸爸得意的說。

媽媽白了爸爸一眼，露出一副不以為然的表情。

爸爸拍拍媽媽的肩，說：「好了好了！『歐豆桑』和『歐尬桑』都答應要來了，你趕快規畫一下，把房間整理整理，『歐豆桑』和『歐尬桑』來了後，才有舒服的地方住。不然，他們待不到兩天，又要吵著回仙台了喔！」

「他們有沒有說什麼時候來？」媽媽問。

「等我們這裡準備好，打電話給你姊姊，她就會幫『歐豆桑』和『歐尬桑』買機票。」

媽媽聽完，信心十足的說：「好！我明天就開始整理房間，早點把『歐豆桑』和『歐尬桑』接過來。」

哇！外公、外婆真的要來台灣了，真好！印象中，這是他們第一次來台灣，我要好好的盡盡地主之誼，帶他們到處逛逛，看看台灣的美，讓他們輕輕鬆鬆，忘掉地震和海嘯帶來的恐懼！

對了！既然要盡地主之誼，祖孫間就必須溝通，我不會說日語，外公、外婆也不會說中文，該怎麼溝通？繼續比手畫腳嗎？哪比得完？

唉！爸媽說得真對，「平常叫你學，你就是不肯，現在不會講了吧！」，現在後悔也來不及了，到時，還是請爸媽當翻譯吧！

隔天到了學校，我本想把外公、外婆要來台灣的消息告訴洪宛茹，又怕她像上次一樣大聲宣布，同學們又得上一節「能源教育」的課，那種壓力實在太大了，所以我一直忍著，忍到放學後才告訴她。

聽到外公、外婆要來台灣，洪宛茹喜不自勝的說：「楊采蘋，你外公、外婆來了後，我可以去看他們嗎？」

「可以呀！」我點點頭。

「可以拜託你外公幫我……取個日本名字嗎？」洪宛茹繼續問。

「當然可以呀！」

「真的嗎？真的嗎？我好期待喔！」

洪宛茹那期待的模樣，真是有趣極了，看著看著，我忍不住笑了起來。

回家後，媽媽叫我陪她去百貨公司，買枕頭和涼被給外公、外婆用。百貨公司門口，有一群大學生模樣的年輕人，抱著募捐箱在勸募，旁邊的海報上寫著「送愛心到日本」六個大字。

媽媽看了，二話不說的放了兩千元進去。對於媽媽的舉動，我很驚訝，目不轉睛的盯著她。媽媽發現我在看她，沒發生什麼事似的說：「『送愛心到日本』呀！我是日本人，當然更應該送囉！」

媽媽是日本人，我身上也有日本人的血統呀！掏掏口袋，一塊錢也沒有，只好向媽媽借一百元，投進募捐箱裡，這樣，我也「送愛心到日本」了！

媽媽說，日本發生地震、海嘯，以及輻射外洩後，紅十字會已募款十七億新台幣，所以台灣是個很有愛心、很有人情味的地方。

十七億！台灣人捐的！突然間，我有一種與有榮焉的感覺！那天，同學們在討論輻射時，不是有個同學說「就算死，我也要死在台灣，我就是愛台灣！」嗎？事實證明，台灣的確是個不錯的地方，至少沒有海嘯、沒有輻射外洩！

經過媽媽的整理和準備，一切都就緒了，她打電話給東京阿姨，請她幫外公、外婆買機票，出發到台灣來。爸爸還要媽媽準備了豬腳麵線，讓外公、外婆入境隨俗一下，因為他們遇到地震、海嘯這些災難，吃了豬腳麵線，可以去去霉運。

這一天，是外公、外婆來台灣的日子，我們一家三口起了個早，出發到機場接機。車子在高速公路上快速前進，愈是接近機場，我就愈興奮，因為就要見到外公、外婆了！

這時，媽媽忽然對爸爸說：「阿里卡多！歐札伊馬斯！」

爸爸笑一笑，拍拍媽媽的手，繼續專心的開著車子……

國家圖書館出版品預行編目資料

狂嘯之後／李光福著.洪義男繪. -- 初版 . --
台北市：幼獅，2011.08
面；　公分. --（多寶槅.文藝抽屜；173）

ISBN 978-957-574-838-8（平裝）

859.6　　　　　　　　　100012623

・多寶槅173・文藝抽屜

# 狂嘯之後

作　　者＝李光福
繪　　圖＝洪義男
出 版 者＝幼獅文化事業股份有限公司
發 行 人＝李鍾桂
總 經 理＝廖翰聲
總 編 輯＝劉淑華
主　　編＝林泊瑜
編　　輯＝周雅娣
美術編輯＝李祥銘
總 公 司＝10045台北市重慶南路1段66-1號3樓
電　　話＝(02)2311-2832
傳　　真＝(02)2311-5368
郵政劃撥＝00033368

門市

・松江展示中心：10422台北市松江路219號
電話：(02)2502-5858轉734　傳真：(02)2503-6601
・苗栗育達店：36143苗栗縣造橋鄉談文村學府路168號（育達商業科技大學內）
電話：(037)652-191　傳真：(037)652-251

印　刷＝祥新印刷股份有限公司
定　價＝250元
港　幣＝83元
初　版＝2011.08
書　號＝986238

幼獅樂讀網
http://www.youth.com.tw
e-mail:customer@youth.com.tw

行政院新聞局核准登記證局版台業字第0143號

幼獅文化公司／讀者服務卡／

感謝您購買幼獅公司出版的好書！
為提升服務品質與出版更優質的圖書，敬請撥冗填寫後（免貼郵票）擲寄本公司，或傳真（傳真電話02-23115368），我們將參考您的意見、分享您的觀點，出版更多的好書。並不定期提供您相關書訊、活動、特惠專案等。謝謝！

## 基本資料

姓名：________先生／小姐

婚姻狀況：□已婚 □未婚　職業：□學生 □公教 □上班族 □家管 □其他

出生：民國______年______月______日

電話：（公）______（宅）______（手機）______

e-mail：______

聯絡地址：______

1.您所購買的書名：**狂嘯之後**

2.您通常以何種方式購書?：□1.書店買書 □2.網路購書 □3.傳真訂購 □4.郵局劃撥 （可複選） □5.幼獅門市 □6.團體訂購 □7.其他

3.您是否曾買過幼獅其他出版品：□是，□1.圖書 □2.幼獅文藝 □3.幼獅少年
□否

4.您從何處得知本書訊息：□1.師長介紹 □2.朋友介紹 □3.幼獅少年雜誌
（可複選） □4.幼獅文藝雜誌 □5.報章雜誌書評介紹______報
□6.DM傳單、海報 □7.書店 □8.廣播(　　)
□9.電子報、edm □10.其他______

5.您喜歡本書的原因：□1.作者 □2.書名 □3.內容 □4.封面設計 □5.其他

6.您不喜歡本書的原因：□1.作者 □2.書名 □3.內容 □4.封面設計 □5.其他

7.您希望得知的出版訊息：□1.青少年讀物 □2.兒童讀物 □3.親子叢書
□4.教師充電系列 □5.其他

8.您覺得本書的價格：□1.偏高 □2.合理 □3.偏低

9.讀完本書後您覺得：□1.很有收穫 □2.有收穫 □3.收穫不多 □4.沒收穫

10.敬請推薦親友，共同加入我們的閱讀計畫，我們將適時寄送相關書訊，以豐富書香與心靈的空間：

(1)姓名______e-mail______電話______
(2)姓名______e-mail______電話______
(3)姓名______e-mail______電話______

11.您對本書或本公司的建議：

廣　告　回　信
台北郵局登記證
台北廣字第942號

請直接投郵　免貼郵票

10045　台北市重慶南路一段66-1號3樓

幼獅文化事業股份有限公司 收

請沿虛線對折寄回

客服專線：02-23112832分機208　　傳真：02-23115368
e-mail：customer@youth.com.tw
幼獅樂讀網http：//www.youth.com.tw